D0631301

Nous remercions le Canada de l'aide programme Conseil des Arts du accordée à notre de publication.

LE CONSEIL DES ARTS DU CANADA DEPUIS 1957 | THE CANADA COUNCIL FOR THE ARTS SINCE 1957

Nous remercions également le ministère du Patrimoine du Canada et la SODEC de l'aide accordée à notre programme de publication.

Illustration de la couverture et illustrations intérieures : Nathalie Dion

Édition électronique : Infographie DN

Dépôt légal : 3e trimestre 1998
Bibliothèque nationale du Canada
Bibliothèque nationale du Québec

123456789 IML 98

Serdarin des étoiles

COLLECTION
PAPILLON

DU MÊME AUTEUR
AUX ÉDITIONS PIERRE TISSEYRE

Collection Conquêtes
Wlasta, 1998.

Aux Éditions du Boréal
Le peuple fantôme, 1996.
Le rêveur polaire, 1996.
Chasseurs de rêves, 1997.
L'œil du toucan, 1998.

Aux Éditions M. Quintin
Une vie de fée, 1996.
L'argol, et autres histoires curieuses, 1997.
Terra Nova, 1998.

Aux Éditions Hurtubise
L'assassin impossible, 1997.
Piège à conviction, 1998.
L'araignée souriante, 1998.
Sang d'encre, 1998.

Aux Éditions Héritage
Silence de mort, 1998.

Données de catalogage avant publication (Canada)
Chabin, Laurent, 1957-

    Serdarin des étoiles

    (Collection Papillon ; 60)
    Pour les jeunes.

    ISBN 2-89051-709-8

    I. Titre II. Collection : Collection Papillon
    (Éditions Pierre Tisseyre) ; 60.

PS8555.H17S47 1998   jC843'.54   C98-940729-2
PS9555.H17S47 1998
PZ23.C42Se 1998

Serdarin
des étoiles

roman

Laurent Chabin

ÉDITIONS
PIERRE TISSEYRE

5757, rue Cypihot, Saint-Laurent (Québec) H4S 1R3
Téléphone: (514) 334-2690 – Télécopieur: (514) 334-8395
http://ed.tisseyre.qc.ca
Courriel: info@ed.tisseyre.qc.ca

1

Serdarin

Je viens d'ailleurs. Oui, d'ailleurs. Ce n'est pas seulement parce que je viens de déménager et que je dois aller dans une nouvelle école. Je viens *vraiment* d'ailleurs.

Je suis en exil sur cette terre. Je suis né très loin d'ici, dans un autre pays, sur un autre continent, sur… une autre planète. C'est ça : je viens d'une autre planète. Mais je n'ose l'avouer à personne. On ne me croirait pas. Alors je dois garder ce secret pour moi seul.

C'est pourtant une belle planète que la mienne. Elle est sombre, il y fait toujours nuit, il y fait toujours chaud. Comme dans un ventre...

J'aime la nuit. Ici, le soleil me fait mal, sa lumière me blesse, ses rayons me brûlent, ils me transpercent la peau et les yeux. C'est pour ça que je dois porter en tout temps des lunettes noires et un bonnet. Un petit bonnet rouge pointu...

Même en été, malgré la chaleur, il faut que je reste emmitouflé comme une momie pour ne pas exposer ma peau au soleil.

Si jamais je me découvrais, elle deviendrait rouge, puis brune, et puis noire. Elle se hérisserait de cloques, de pustules. Je me calcinerais, je me ratatinerais, je finirais par disparaître, en ne laissant sur le sol qu'une dépouille minuscule, comme une araignée écrasée.

Évidemment, je ne passe pas inaperçu avec mon bonnet et mes lunettes, été comme hiver. Les gens se retournent souvent sur mon passage. Ils sourient.

Mais si je les enlevais, on verrait très vite que je ne suis pas d'ici, avec ma peau blanche comme la neige et mes yeux rouges comme des framboises.

Ce qui n'arrange rien, c'est que je déménage tout le temps. La famille dans laquelle je vis travaille sur des chantiers. Ce qui fait que je suis partout le nouveau, l'inconnu, la bête curieuse.

Le premier jour où je suis allé dans ma nouvelle école, ça s'est passé comme d'habitude. Dans la cour, les enfants se sont agglutinés autour de moi en ouvrant de grands yeux. Mais ils restaient quand même à distance. On aurait dit qu'ils avaient peur que je sois contagieux!

C'était effrayant, tous ces yeux braqués sur moi, mais j'avais décidé de ne pas pleurer. Alors je n'ai pas pleuré, même si j'en avais envie. J'étais là debout, sans bouger, les dents serrées, les fesses aussi.

Heureusement, quand la cloche a sonné, ils ont tous détalé pour aller se mettre en rang près de l'entrée des classes. Je suis resté seul, immobile, au milieu de la cour.

Alors, le professeur est venu vers moi avec un grand sourire. Ça se voyait que j'étais nouveau. Il m'a pris par la main et m'a conduit vers les autres.

Une fois près d'eux, il leur a dit, une main posée sur mon épaule :

— Voici un nouveau petit camarade. Je vous demande de bien l'accueillir.

Puis, se tournant vers moi, il m'a demandé comment je m'appelais.

— Serdarin, j'ai répondu.

Et là, ils ont tous éclaté de rire. Un rire sonore, aigu, méchant, qui n'en finissait pas. Ma peau blanche virait au rose, puis au rouge. J'étais écarlate.

Le professeur s'est détourné sur le côté, mais j'ai bien vu que, lui aussi, il avait envie de rire.

J'ai eu l'impression que ça durait des heures. Ma peau me piquait, mes oreilles me brûlaient, mes pieds pesaient des tonnes...

À la fin, quand les élèves se sont calmés, le professeur nous a fait entrer dans la classe en se raclant la gorge d'un air gêné.

Dans la classe, les élèves ont enlevé leur casquette et leur blouson, et ils ont commencé à s'installer à leur table.

Moi, je n'osais pas bouger. J'étais debout contre la porte d'entrée, les bras ballants, transpirant sous mes vêtements à manches longues et mon bonnet. J'avais du mal à retenir mes larmes.

— Allons, Serdarin, a dit le professeur gentiment. Ne sois pas timide, viens t'asseoir ici.

Comme je ne bougeais pas, il est revenu vers moi, puis il m'a conduit à ma place en me poussant par l'épaule.

Et là, devant tout le monde, il m'a dit :

— Voyons, Serdarin, nous ne sommes pas aux sports d'hiver !

Et, avant que j'aie eu le temps de réagir, il m'a retiré mes lunettes noires et mon bonnet.

Il y a eu tout à coup un grand silence dans la salle de classe, comme si je m'étais soudainement retrouvé tout nu devant les élèves. Puis toute la classe a éclaté de rire, une fois de plus.

C'était un rire irrépressible, violent presque, qui les secouait comme si un grand vent s'était engouffré dans la salle. Ils étaient pliés en deux, ils en avaient les larmes aux yeux...

Le professeur, lui, ne riait pas. Il me regardait de ses deux yeux grands ouverts, comme si j'avais été une bête rare.

Lui aussi, c'était sans doute la première fois qu'il voyait des cheveux aussi blancs et des yeux aussi rouges...

2

La planète Pâline

À l'école, maintenant, on m'appelle E.T.

Pour eux, bien sûr, il ne s'agit que d'une plaisanterie. Ils ne savent pas que je viens réellement d'ailleurs, d'une autre planète. Mais je ne veux pas le leur dire, ils ne le méritent pas. C'est mon secret.

Alors, je reste seul dans la cour, pendant que les autres jouent et courent en riant. Parfois, en fin d'après-midi, je rentre chez moi en n'ayant parlé à personne de toute la journée.

Le soir, de la fenêtre de ma chambre, je regarde la nuit étoilée avec nostalgie. Les yeux perdus dans le ciel noir, je cherche désespérément l'astre d'où je viens. Mais, à l'heure de m'endormir, le cœur lourd, les yeux douloureux, je dois aller me coucher sans avoir rien trouvé.

C'est que ma planète est obscure. Elle n'émet aucune lumière, on ne peut pas la voir dans la nuit. Je sais donc que c'est peine perdue. Et cependant, chaque soir, après avoir enlevé mes lunettes noires, je passe de longues heures à ma fenêtre, les yeux rougis fixés sur les étoiles.

Hélas ! le ciel est vide. Je dois aller me coucher. Et mon sommeil est aussi vide que le ciel. Je dors sans rêves.

Je ne rêve que lorsque je me réveille, au milieu de la nuit. Je rêve alors de ma planète tellement lointaine. Elle porte un si joli nom : Pâline.

Aussitôt, je m'élance dans l'espace, plus noir que de l'encre, et je le traverse comme une flèche.

Les étoiles défilent devant mes yeux. Elles dessinent des figures familières qui m'accompagnent pendant mon voyage nocturne. Et Pâline apparaît enfin.

Ce n'est d'abord qu'un petit point sombre qui se détache à peine sur le fond de la nuit. Puis le point grossit, devient une petite boule. On dirait une myrtille perdue dans cet océan d'étoiles.

J'y suis très vite. Pâline est là, sous mes yeux enfin débarrassés de leurs lunettes. J'en fais le tour, je la survole, je m'y pose en douceur.

Comment la décrire ? Elle n'est jamais tout à fait la même. Je l'embellis de rêve en rêve, je la reconstruis nuit après nuit, chaque fois plus grande, chaque fois plus magnifique.

Je plonge dans sa chaude atmosphère, je m'y baigne avec délices, je sens l'air parfumé frôler ma peau sans l'irriter. Puis les habitants sortent de l'ombre et s'assemblent autour de moi.

Ils m'accueillent en chantant des berceuses. Ils me ressemblent. Tous ont la peau d'une blancheur laiteuse, phosphorescente, brillant légèrement dans la tiédeur de l'ombre, et leurs cheveux sont pareils à d'immenses anémones de mer pâles déposées dans la grande mer de la nuit.

Ils s'approchent et m'entourent de leurs bras, m'enveloppent de leurs regards. Ce sont des regards semblables au mien, car leurs yeux caressants sont rouges comme le sang. Ils ne savent pas mentir. Je suis enfin chez moi...

Et je finis par me rendormir, bercé par l'étreinte de leurs bras chaleureux.

Le matin, au réveil, il ne me reste rien de ce monde nocturne. Je me retrouve seul entre les quatre murs de ma chambre. Je dois me lever. Je dois aller à l'école.

3

Le gorille blanc

L'autre jour, pendant la récréation, une petite fille est venue me parler. Elle m'a dit qu'elle voulait jouer avec moi. Je lui ai souri.

Mais, en même temps qu'elle parlait, elle restait là à se tortiller devant moi, comme si elle avait autre chose à dire mais qu'elle n'osait pas le faire. Peut-être qu'elle était timide ? Je lui ai demandé :

— À quoi veux-tu jouer?

— Serdarin, c'est plutôt rigolo, comme nom, a-t-elle répondu sans se préoccuper de ma question. D'où est-ce que ça vient? On dirait un nom d'une autre planète...

J'ai frissonné. Serdarin, ça signifie «prince» dans la langue de Pâline. Elle avait donc deviné que je venais de là-bas?

Oui, je suis sûr qu'elle avait deviné. Quelle chance extraordinaire! Cette petite fille n'était pas comme les autres, elle pouvait devenir mon amie!

Alors je me suis approché de son oreille et je lui ai dit à voix basse, très sérieusement:

— C'est normal, que mon nom te semble étrange. Ce n'est pas un nom d'ici. Je viens vraiment d'une autre planète...

Alors, la petite fille a éclaté de rire et elle est partie en criant et en riant:

— Serdarin est un extraterrestre, Serdarin est un extraterrestre!

Et tous les autres ont ri avec elle. Ils se sont mis à chanter et à danser comme des singes en me montrant du doigt :

— Serdarin est un extraterrestre, Serdarin est un extraterrestre !...

Quand le professeur a vu que tous étaient en train de se moquer de moi, il est venu et il a commencé à discuter avec eux. Il avait l'air très fâché, et la petite fille s'est bientôt mise à pleurer.

Puis elle a marmonné quelque chose en me désignant du doigt, tout en ravalant ses sanglots.

Le professeur est alors venu vers moi et il m'a dit d'un air sévère :

— Serdarin, tu devrais cesser d'inventer des histoires invraisemblables. Cela cause des problèmes à tes petits camarades. Ce n'est certainement pas comme ça que tu te feras des amis.

Et voilà ! C'est ma faute ! Comme d'habitude...

Les adultes ne me comprennent pas, eux non plus. Je ne pourrai donc partager mon secret avec personne. Ils ne sauront jamais qui je suis ni d'où je viens. Je dois rester seul, loin de chez moi, loin de ma maison.

Et pourtant, une fois, quand j'étais petit, j'ai vu quelqu'un qui me ressemblait. C'était au zoo de Barcelone, en Catalogne, très loin d'ici.

En me promenant dans les allées du zoo, j'ai vu soudain un attroupement près d'une cage.

Ça m'a étonné. D'habitude, les gens ne s'arrêtent pas très longtemps devant une même cage, sauf devant celle des singes, parce qu'ils font les singes, justement, et que ça les fait rire.

Précisément, les gens étaient massés devant la cage d'un singe. Mais ils ne riaient pas et, à l'intérieur de la cage, on ne voyait aucun mouvement.

Je me suis approché en me glissant entre les jambes des grandes personnes, et je suis arrivé tout près de la cage. C'était une immense cage vitrée, blanche et vide. Qu'y avait-il donc à regarder là-dedans?

C'est alors que je l'ai vu.

Il était tout au fond, assis contre le mur, tournant le dos à la foule qui l'observait. Si je ne l'avais pas aperçu tout de suite, c'est parce qu'il était de la même couleur que le mur de sa cage.

C'était un gorille blanc. Tout blanc. Pas gris clair ou jaune pâle, comme s'il avait été délavé par le soleil, ou comme s'il avait vieilli prématurément dans sa cage. Blanc.

Il était entièrement blanc. Blanc comme neige. Et c'est à cause de ça qu'on lui avait donné son nom, dans plusieurs langues: *Floc de neu*, *Copito de nieve*, *Flocon de neige*.

Cet animal était la vedette du zoo de Barcelone, et tout le monde se pressait pour le voir, pour le prendre en photo, et pour pouvoir dire ensuite, l'air d'en savoir plus long que les autres : « Moi, j'ai vu *Floc de neu*, le gorille blanc de Barcelone. »

Mais lui, *Floc de neu*, ne regardait personne. Tout le temps, il restait assis, immobile au fond de sa cage, tournant le dos à ces gens qui criaient et l'appelaient pour qu'il fasse un peu le singe.

J'aurais pu être son ami, peut-être. J'aurais bien aimé. Mais il ne s'est pas retourné, et il ne m'a pas vu. J'ai quitté Barcelone et le gorille blanc, et lui, il ne l'a jamais su.

4

En exil

Quelques jours plus tard, la petite fille revient me voir, dans la cour de l'école. Elle n'a pas l'air de vouloir se moquer de moi, cette fois-ci. Elle me demande :

— Serdarin, si tu viens d'une autre planète, comment es-tu arrivé ici ?

— Je ne sais pas, je réponds. Je ne me souviens pas bien, j'étais trop petit. Mes parents m'ont mis dans un vaisseau spatial quand j'étais bébé, et ils m'ont envoyé sur la Terre.

— Quoi! s'exclame-t-elle. Ils t'ont envoyé tout seul dans l'espace! Ils t'ont abandonné!

— Non, ils ne m'ont pas abandonné, au contraire. Mais je ne pouvais pas rester là-bas avec eux, il y avait trop de dangers.

— Pourquoi? demande la petite fille. Est-ce une planète où on mange les enfants?

— Non, non, tu n'y es pas du tout, dis-je en souriant. Seulement voilà: mes parents sont des rois sur cette planète, et il y avait une conspiration. On voulait m'enlever, ou me tuer, pour m'empêcher de régner à mon tour. C'est pour ça que mes parents m'ont envoyé sur la Terre.

— Alors tu ne pourras jamais régner, a-t-elle dit. Ici, tu n'es pas un roi, ni même un prince!

— Ils reviendront me chercher un jour. Je serai de retour dans mon pays, et alors je serai le roi.

— Et les conspirateurs?

— Ils auront été démasqués et jetés en prison.

La petite fille se tait un moment. Elle a l'air de réfléchir.

— Et pourquoi ne pas les avoir arrêtés tout de suite? reprend-elle enfin. Ça aurait été plus simple.

J'hésite un peu, puis je continue:

— Ça n'aurait pas été si simple. La rébellion était très puissante, les ennemis étaient très nombreux, il valait mieux me mettre à l'abri avant que ça ne tourne mal.

— S'ils étaient si nombreux, les rebelles, sûrement que ça a mal tourné! Tes parents ne sont peut-être plus rois, ils ne sont peut-être plus rien du tout, et ils ne reviendront jamais!

Elle commence à m'énerver, cette petite fille.

— Comment peux-tu savoir? dis-je avec mauvaise humeur. Tu ne les connais même pas. Ils sont très forts, très puissants, et ils ont des armes terribles, des milliards de fois plus puissantes que celles qu'on peut trouver sur cette terre...

— Alors, il y aura eu une guerre atomique, et ta planète tout entière a explosé, avec tes parents et tout le monde, et les maisons, et maintenant elle n'existe plus !

Cette fois, je frémis et serre les poings.

— Tu mens ! grondé-je avec colère. Tu ne sais pas ce que tu dis. Ma planète existe toujours, mes parents sont toujours vivants, et un jour ils me retrouveront, et ils reviendront me chercher, tu verras !

La petite fille hausse les épaules et me tourne le dos. Elle repart jouer avec les autres. Tant mieux. Et tant pis pour elle. Je ne l'emmènerai pas avec moi, quand je repartirai sur ma planète.

Je repartirai tout seul, à bord d'un vaisseau immense qui se posera silencieusement dans le jardin, une nuit sans lune.

Les hommes aux yeux rouges seront là. Ils m'attendront. Vite, j'enjamberai la fenêtre et je courrai pour les rejoindre.

Les sirènes de la police et des pompiers retentiront tout autour de moi, elles se rapprocheront du vaisseau. On voudra le prendre, l'empêcher de repartir.

Mais moi, je serai le plus rapide, je m'élancerai d'un bond par-dessus la haie et je planerai jusqu'à l'entrée du vaisseau.

Mes parents seront là. Je me jetterai dans leurs bras, ils me serreront contre leur poitrine. Il fera chaud dans le vaisseau.

Je serai de nouveau chez moi...

5

L'arrivée de Libelul

Il y a une nouvelle élève à l'école.

Elle est arrivée hier et, bien sûr, elle ne connaît personne. Elle est toute seule. Dans la cour, elle rôde, silencieuse, toujours près du mur du fond. On dirait qu'elle a peur de l'espace.

Ses mains sont crispées sur son manteau qu'elle tient fermé devant elle, comme pour se protéger. Mais de quoi? Elle jette des regards effrayés sur les enfants qui jouent bruyamment.

Elle est un peu bizarre, j'ai l'impression qu'elle a peur de parler, de s'approcher des autres. En tout cas, elle, elle ne rit pas. Je me décide donc à entrer en contact avec elle.

Elle se trouve de l'autre côté de la cour. Lentement, j'en fais le tour en longeant les murs pour éviter la bousculade. Elle n'a toujours pas bougé.

Quand elle me voit tout près d'elle, elle sursaute et serre davantage son manteau contre elle. Il ne fait pas froid, pourtant.

J'hésite quand même à lui adresser la parole. Qu'est-ce qu'on peut bien dire à quelqu'un qu'on ne connaît pas, à quelqu'un dont on ne sait même pas le nom?

Je pourrais lui poser la question, peut-être. Tout simplement. Allons, elle ne va pas me mordre. Je me lance:

— Comment t'appelles-tu? je lui demande.

— ...

Je n'ai pas entendu son nom, tellement sa voix était faible quand elle l'a prononcé.

Je répète ma question. Elle a du mal à articuler, comme si elle avait une grosse boule dans la gorge, mais cette fois j'entends son nom:

— Libelul, Libelul de Faltenin...

Je ne peux pas m'empêcher de rire. Libelul! Quel drôle de nom pour une fille! Mais Libelul se renfrogne aussitôt, et je regrette un peu mon rire.

— C'est un nom curieux, je lui dis pour me rattraper. Je ne l'ai jamais entendu. Et pourtant j'ai pas mal voyagé. On dirait... on dirait presque un nom d'extraterrestre...

Libelul relève la tête et me regarde en coin, pleine de méfiance. Cependant, elle ne dit rien. Nous sommes seuls dans ce recoin de la cour, plongés dans un cône d'ombre dessiné par le mur d'angle.

Libelul semble respirer avec difficulté. Est-ce que je lui fais peur? Je voudrais la mettre en confiance, lui faire comprendre que je suis différent, que je ne lui veux aucun mal. Mais comment faire?

Peut-être que je pourrais... J'hésite, tout de même. Et si elle se mettait à rire, elle aussi, comme les autres? On ne peut pas partager un secret comme le mien avec n'importe qui. Tant pis. Je me jette à l'eau:

— Tu sais, moi, je ne suis pas d'ici. Je suis d'ailleurs... je viens d'une autre planète.

Libelul écarquille les yeux, comme si je lui avais dit que ma mère, c'était la reine d'Angleterre. Elle ne me croit pas, c'est sûr. Je m'en serais douté...

Pourtant, elle ne se moque pas de moi. Elle ne me pose pas de questions stupides, elle ne hausse pas les épaules, elle ne me dit pas que mes parents sont morts dans l'explosion de ma planète.

Au contraire, on dirait qu'il y a de la sympathie dans son regard, de la compréhension. Je crois même y discerner une lueur d'espoir.

Alors, j'insiste :

— Mais oui, regarde. Je suis un extraterrestre, tu as vu mes yeux et mes cheveux ?

Et aussitôt, j'enlève mon bonnet et mes lunettes noires. Libelul est complètement abasourdie. Elle a l'air de tomber de la lune. Lentement, elle tend la main vers moi, vers mon visage, jusqu'à effleurer mes cheveux.

— Ça alors, c'est extraordinaire ! murmure-t-elle, les yeux brillants.

— Ça, tu peux le dire, dis-je en me rengorgeant.

— Ce n'est pas ce que je voulais dire, reprend-elle.

Comment ! Qu'est-ce donc qui est extraordinaire, si ce n'est pas moi ?

C'est alors que, dans un murmure à peine perceptible, Libelul laisse tomber une chose incroyable, une chose inouïe, une chose qui me laisse sans voix :

— Moi aussi, je viens d'ailleurs. Moi aussi, je suis une extraterrestre...

6

La planète Noubosse

Libelul est devenue mon amie. Nous discutons longuement pendant les récréations, assis à l'ombre du mur, loin de l'agitation des autres.

Je lui ai demandé de me parler de sa planète, de ses parents, de son voyage jusqu'à la Terre. Nous parlons à voix basse, pour que personne ne puisse nous entendre.

Sa planète s'appelle Noubosse. Elle est beaucoup plus proche de nous que Pâline, mais elle se trouve juste de l'autre côté du Soleil. Comme elle tourne autour de lui à la même vitesse que la Terre, on ne peut pas la voir, bien sûr. Si proche et si inaccessible à la fois...

Son histoire est bizarre, cependant. Parfois, Noubosse est bleue ; d'autres fois, elle est orange.

Un jour, Libelul me parle des monstres qui y vivent dans des marécages puants et empoisonnés, et qui attaquent régulièrement la ville où elle vivait et où son père était un grand chasseur de monstres.

Mais, un autre jour, elle donne l'impression qu'elle n'est habitée que par des ours en peluche, des lapins en mousse ou des tortues en habit d'arlequin.

C'est vraiment étonnant. Peut-être qu'il y a plusieurs sortes de pays sur Noubosse, certains mauvais comme de l'huile de foie de morue, d'autres bons comme des jours sans école.

En tout cas, Libelul a une mémoire étonnante. C'est fou, les détails qu'elle se rappelle, à propos de tout. Les vêtements de ses parents, la décoration de sa maison, les animaux sauvages, les montagnes en sucre, les océans en jus d'orange...

Elle a l'air géniale, sa planète. Quand je pense à la mienne, avec ses conspirateurs et ses assassins, et tous ces gens qui me veulent du mal. C'est vraiment trop beau! Trop beau pour être vrai...

Quelquefois, je me demande si elle ne me ment pas. D'ailleurs, les cheveux de Libelul ne sont pas blancs et ses yeux ne sont pas rouges. Sa planète, je me demande si elle existe vraiment...

Un jour, je lui demande:

— Comment es-tu arrivée jusqu'ici?

— Je ne sais pas, me répond-elle. Je ne me souviens pas bien, j'étais trop petite. Mes parents m'ont mise dans un vaisseau spatial

quand j'étais bébé, et ils m'ont envoyée sur la Terre.

— Quoi! Ils t'ont envoyée toute seule dans l'espace! Ils t'ont abandonnée!

— Non, ils ne m'ont pas abandonnée, reprend Libelul. Au contraire. Mais je ne pouvais pas rester là-bas avec eux, il y avait trop de dangers.

Et Libelul me parle des guerres incessantes qui ensanglantent sa planète, de la résistance de ses parents contre des monstres toujours plus nombreux et qui possèdent des armes terribles, des milliards de fois plus puissantes que celles qu'on peut trouver sur cette terre...

— Alors, il y aura eu une guerre atomique, lui dis-je en la coupant brusquement. Et ta planète tout entière a explosé, avec tes parents et tout le monde, et les maisons, et maintenant elle n'existe plus!

— Tu mens! gronde Libelul avec colère. Tu ne sais pas ce que tu dis.

Ma planète existe toujours, mes parents sont toujours vivants, et un jour ils me retrouveront, et ils reviendront me chercher, tu verras!

Je suis complètement estomaqué! C'est incroyable! Fabuleux! Libelul a vécu la même histoire que moi!

Tout à coup, nous regardons anxieusement autour de nous. Et si quelqu'un avait surpris notre secret?

Il ne faut pas qu'on nous entende, il y a des espions partout. Il ne faut pas qu'ils sachent. Il ne faut pas qu'on nous empêche de retourner chez nous...

Jamais...

7

À la recherche
des *Autres*

Je n'ai plus peur de l'école. J'y vais même avec plaisir, à présent, puisque je sais que je vais y retrouver Libelul.

Tandis que les autres échangent des timbres ou des cartes de collection, nous, nous échangeons nos souvenirs. Ceux de notre vie d'avant.

Les paysages de Pâline sont plus brillants, plus colorés, depuis que je les partage avec Libelul. On y trouve moins de traîtres et davantage d'arbres et de fleurs. Il y fait toujours nuit, mais cette nuit est adoucie par une énorme lune ronde et souriante.

Et Noubosse me semble merveilleuse, aussi, avec ses crocodiles à poil doux, qui ne mangent que de la confiture et des brocolis que leur jettent les enfants qui ne veulent pas finir leur assiette...

Nous sommes assis contre le mur du fond de la cour, la tête dans les étoiles. Je suis en train de rêver que le chef suprême des cuisines royales de Pâline m'apporte en grande pompe un gigantesque plat de spaghettis au fromage.

— Sais-tu ce que nous devrions faire ? me demande soudain Libelul.

— Je ne sais pas, je réponds distraitement en passant ma langue sur mes lèvres. Manger, peut-être ?

— Mais non, voyons, réplique Libelul en fronçant les sourcils. Pas en ce moment. Je te parle d'un projet important, d'un plan considérable.

Mon plat de spaghettis s'évanouit comme une bulle de savon qui éclate.

— Qu'est-ce que tu veux dire?

— Voilà, reprend Libelul, après avoir regardé à droite et à gauche, et vérifié que nous sommes bien seuls. J'ai une idée, une idée grandiose, une idée géniale...

— Tu veux faire sauter la Terre?

— Non, non, enfin! Écoute, Serdarin: nous nous ennuyons, ici. Personne ne nous ressemble, personne ne veut jouer avec nous. Alors pourquoi restons-nous seuls? C'est trop bête. Pourquoi n'irions-nous pas chercher les autres?

— Les autres?

Je jette un coup d'œil craintif vers la cour, où s'agitent bruyamment les élèves de l'école. Libelul, qui a suivi mon regard, reprend aussitôt :

— Pas ceux-là, bien sûr. Les autres. Je veux dire : ceux qui sont comme nous.

— Qu'est-ce que tu racontes ! Personne n'est comme nous ! Tu viens de le dire.

— Les Terriens, non, bien sûr. Aucun n'est comme nous. Ce n'est pas à eux que je pense. Je veux parler des autres extraterrestres...

— Comment ! fais-je avec surprise. Il y en a d'autres ?

— Bien sûr, il y en a d'autres. Beaucoup d'autres. Seulement, ils font comme nous. Ils se cachent. Ils se déguisent en Terriens. C'est pour ça qu'ils sont si difficiles à découvrir.

— C'est impossible, voyons. Comment peux-tu savoir une chose pareille ? Est-ce que tu en as déjà rencontré ?

— Bien sûr, réplique Libelul.

Ça alors! D'autres extraterrestres! Je n'en reviens pas. Moi qui ai toujours cru que j'étais seul...

Bah! après tout... pourquoi pas? Mais alors, combien sont-ils? Où se cachent-ils? De quelle manière peut-on les repérer?

— Je veux bien te croire, je dis. Mais s'ils se cachent si bien, s'ils ressemblent aux Terriens, comment allons-nous faire pour entrer en contact avec eux?

— Tu m'as bien trouvée, moi, répond Libelul.

Elle a raison. Mais nous ne sommes pas beaucoup plus avancés. Pourquoi ai-je rencontré Libelul? Parce qu'elle était toute seule, parce qu'elle avait l'air triste. Peut-être aussi parce qu'elle me semblait un peu bizarre.

— Tu crois que tous les gens tristes, solitaires ou bizarres sont des extraterrestres? fais-je après avoir réfléchi un moment.

— Sûrement, dit Libelul. En tout cas, ceux que j'ai rencontrés étaient ainsi.

— Tu en as rencontré beaucoup ?

— Oui, pas mal, reprend-elle. Il faut dire que je voyage tout le temps. Je déménage sans arrêt : ma famille travaille sur des chantiers.

Le soir même, dans mon lit, j'essaie de mettre un peu d'ordre dans mes pensées. Tout ce que j'ai appris aujourd'hui est assez extraordinaire.

Finalement, je me dis que ce n'est peut-être pas si difficile que ça, de reconnaître les extraterrestres. Nous avons de nombreux indices.

Voyons : ils sont souvent tristes, ils se tiennent seuls dans les coins, ils ont parfois des noms bizarres et... ils vivent de préférence chez des gens qui déménagent tout le temps.

Libelul a raison. Pourquoi n'irions-nous pas les chercher ?

8

Léonidas

Dans la cour de l'école, nous avons repéré un petit garçon qui ne parle à personne. Il paraît qu'il n'était pas là l'année dernière. Un déménageur, lui aussi...

C'est sûrement un extraterrestre.

Libelul et moi avons décidé d'aller lui parler. Le soir après la classe, il reste longtemps assis à l'écart avant que quelqu'un vienne le chercher. C'est le moment que nous avons choisi pour l'interroger.

Nous nous approchons, terriblement excités.

— Bonjour, lui dit Libelul. Comment t'appelles-tu?

Le petit garçon lève la tête et nous dévisage, l'air étonné. Il semble un peu effrayé. Ça ne peut pas être à cause de mes yeux, pourtant, j'ai mes lunettes noires. On ne voit même pas ma figure.

— Mais oui, insisté-je en me penchant vers lui, dis-nous quel est ton nom.

Il reste muet. Ses yeux démesurément ouverts vont de Libelul à moi, de moi à Libelul. Enfin, il finit par articuler avec peine, d'une voix fluette:

— Léonidas...

Léonidas! Avec un nom pareil, il ne peut pas être né ici.

— J'en étais sûr, dis-je triomphalement en me redressant. C'en est un!

À ces mots, Léonidas se recroqueville davantage. Il jette partout des regards apeurés. Ai-je parlé trop fort? Je me retourne aussi. Non, il n'y a rien à craindre, personne ne m'a entendu.

Je me penche de nouveau vers lui et je lui demande:

— De quelle planète viens-tu?

Cette fois, il a l'air complètement effrayé. Ses lèvres tremblent. Puis il fait une petite grimace, et voilà qu'il se met à pleurer.

À ce moment, j'entends un bruit de pas derrière nous. Léonidas se lève brusquement et se met à courir. Il me bouscule au passage et se précipite vers une dame qui arrive en courant.

Toujours en larmes, il se jette dans ses bras. La dame le serre contre elle, tout en lui caressant doucement les cheveux. Puis elle me lance un regard noir et elle s'en va, Léonidas pelotonné dans ses bras.

Je reste là, stupéfait. Pourquoi Léonidas a-t-il eu peur? Pourquoi a-t-il agi ainsi?

Nous aurions peut-être dû lui dire que, nous aussi, nous étions des extraterrestres. Il se serait senti plus à l'aise, il se serait senti en famille.

Demain, nous essaierons de nouveau.

Le lendemain, pourtant, nous n'en avons pas l'occasion. Nous cherchons Léonidas en vain. Il est absent.

En revanche, le directeur de l'école me fait appeler dans son bureau.

— Eh bien, Serdarin, me dit-il, penses-tu qu'il soit bien raisonnable de terroriser les enfants des petites classes? La maman de Léonidas est venue me voir. Tu as tellement effrayé son petit garçon qu'il a peur maintenant de venir à l'école.

Je baisse la tête sans répondre. À cause de mes lunettes, je ne vois pas très bien, dans ce bureau. Et puis j'ai chaud. J'étouffe. Que puis-je lui raconter?

Quand je sors du bureau du directeur, je me rends compte que nous avons fait une erreur. En voulant nous faire un ami, nous avons failli dévoiler notre secret devant un inconnu.

C'est au-dessus de nos forces. Jamais nous ne réussirons à contacter les autres extraterrestres, nous nous ferons prendre avant.

Si nous étions adultes, peut-être? Mais aujourd'hui, que pouvons-nous faire? Rien. Les adultes ont toujours un œil sur nous.

Je suis donc condamné à rester seul sur cette terre d'exil. J'y mourrai sans avoir revu ma planète.

C'est peut-être la petite fille, au début de l'année, qui avait raison.

L'astre d'où je viens m'a oublié. Les hommes aux yeux rouges et aux cheveux blancs ne savent plus que j'existe.

Qui sait si Pâline n'a pas explosé tout entière, avec mes parents et tout le monde, et les maisons, et maintenant elle n'existe plus !

C'est dur, d'être un extraterrestre.

9

Appel vers les étoiles

Finalement, Libelul et moi, nous avons décidé d'essayer d'entrer en contact avec nos parents. Nos vrais parents, ceux de nos planètes natales, pas ceux de cette terre où nous avons été abandonnés.

C'est la seule chose à faire, puisqu'ici nous serons toujours des étrangers.

Ce projet n'est pas facile, mais Libelul a eu une idée fantastique.

Nous allons construire une machine qui puisse émettre des signaux. Et nous enverrons dans l'espace des messages, qui seront captés par les vaisseaux lancés à notre recherche.

Ils nous retrouveront et, par une belle nuit remplie d'étoiles, les vaisseaux se poseront dans le jardin. Et nous serons enfin délivrés!

Tout d'abord, il a fallu trouver un endroit, à la fois discret et accessible, pour y installer notre engin à l'abri des curieux.

Par chance, Libelul habite dans le même quartier que moi. En furetant, nous avons fini par découvrir, non loin de chez nous, un terrain vague envahi de ronces et de mauvaises herbes.

Le terrain est entouré d'une haute clôture faite de planches disjointes. Il sera donc facile de s'y glisser mais, en même temps, la palissade nous protégera des regards indiscrets.

Au milieu de cet espace, à demi enfouie sous les plantes grimpantes, se trouve une cabane délabrée. Ce sera le lieu idéal pour y établir notre quartier général et mettre au point nos opérations.

L'été est proche et il fait jour assez tard. Presque tous les soirs, nous nous y retrouvons donc après l'école, ainsi que tous les samedis et les dimanches.

Nous apportons dans notre repaire secret des pièces de métal, des fils électriques, des rondelles, des tiges, des vis et des écrous, toutes sortes de choses que nous récupérons en cachette dans la boîte à outils familiale.

Patiemment, laborieusement, nous assemblons ces morceaux de ferraille en une construction compliquée. Le fonctionnement nous en échappe un peu, mais nous nous disons que plus c'est compliqué, plus ça aura des chances de marcher.

Nous tirons profit de tout, même des vieux clous ou des cartes de téléphone épuisées. Nous stockons aussi des boîtes de conserve vides et des bidons de lait. Nous avons même récupéré un parapluie cassé. On ne sait jamais !

Libelul a aussi apporté un vieil appareil de radio tout déglingué, et moi une voiture téléguidée qui ne marche plus depuis des années, mais dont nous pourrons utiliser l'antenne.

Ainsi, chaque soir, semaine après semaine, notre appareil s'accroît de nouveaux éléments, et l'ensemble est devenu une machine énorme.

10

Le grand soir

Au milieu de l'été, nous avons terminé notre émetteur. Les nuits sont belles, claires, étoilées. C'est un temps idéal pour faire des essais. Depuis plusieurs jours, Libelul et moi sommes particulièrement excités.

Enfin, c'est le grand soir. Nous nous sommes échappés de chez nous et nous nous sommes rejoints dans la cabane, sur le terrain vague.

Nos cœurs battent fort, de joie mais aussi d'inquiétude, car à tout moment nous nous attendons à voir surgir en bordure du terrain les voitures de la police, avec leurs gyrophares et leurs sirènes.

Parce que, bien sûr, *ils* ne nous laisseront pas partir. *Ils* essaieront de saisir le vaisseau. *Ils* voudront capturer leurs occupants pour les disséquer et voir comment ils sont faits à l'intérieur.

Cependant, rien ne se passe. La nuit est claire et calme. Pas un bruit, pas une voiture.

Fébrilement, nous nous affairons autour de notre machine. Nous tournons les boutons, actionnons les leviers, orientons les antennes.

Les lumières de la machine se mettent à clignoter. De petits bruits se font entendre à l'intérieur... ça a l'air de fonctionner.

Les yeux au ciel, nous devinons nos messages portés par les ondes mystérieuses à travers l'espace, à travers la nuit, jusqu'aux oreilles aux aguets des sentinelles de l'espace.

Le temps passe. Nous manipulons inlassablement les boutons, les manettes, les leviers. Nous ne parlons pas, nous évitons de faire le moindre bruit qui nous ferait manquer un appel ou un signal de l'espace.

La nuit s'avance. J'ai envie de dormir, mais je n'ose rien dire à Libelul. Pourtant, mes paupières sont lourdes, si lourdes...

Soudain, un craquement me réveille. Puis une vive lumière m'éblouit. Mon cœur fait un triple saut périlleux. Ça y est ! Ils sont là ! Les voilà !

Les hommes de l'espace sont arrivés ! Ils sont debout devant nous, parmi les faisceaux de lumière bleue. Toute cette lumière nous entoure d'un halo brillant.

C'est un spectacle magique. Les silhouettes sombres évoluent dans la clarté bleue, on dirait des anges.

C'est trop beau. Je veux me précipiter vers eux, me jeter dans leurs bras...

Mais je n'ai pas le temps de bouger. Libelul vient de m'agripper par le bras. Elle me serre de toutes ses forces. Elle semble paralysée par la peur. Aussitôt, une voix s'élève, caverneuse, menaçante :

— Qu'est-ce que vous fabriquez ici, petits vauriens ? Depuis le temps qu'on vous cherche ! Gare à tes oreilles, Libelul !...

Puis une femme s'élance vers nous. Elle prend Libelul dans ses bras et la presse contre elle. Ce n'est pas une femme d'une autre planète. C'est une femme normale, une femme d'ici...

C'est sa mère. Sa voix est plus douce que celle de l'homme.

— Ma chérie, s'écrie-t-elle d'une voix qui tremble un peu, tu nous as donné tellement d'inquiétude ! Mais qu'est-ce que tu as inventé, encore ?

Quelle nouvelle histoire? Tu veux donc nous rendre fous?

La mère de Libelul me regarde, à présent. Elle soupire en secouant la tête:

— Et voilà que tu entraînes les autres dans tes folies, maintenant.

11

Seul

Libelul est repartie avec ses parents. L'ombre est retombée sur le terrain vague et, moi, j'ai dû rentrer à la maison.

J'ai retrouvé ma chambre et je me suis mis à pleurer. Même mes parents ne se sont aperçus de rien. Des histoires, encore des histoires...

Libelul m'a menti. Elle n'est pas une extraterrestre. Elle m'a trompé et je ne veux plus la voir. Je suis seul. Je resterai seul toujours, et jamais je ne reverrai ma planète.

J'en ai assez. Je n'en peux plus, d'être ici, je suis fatigué. Ce monde n'est pas pour moi. Oh! je voudrais tellement retourner sur Pâline...

Mais je ne peux pas. Je sais bien que c'est impossible. C'est impossible parce que... parce que ma planète, elle n'existe pas!

Il n'y a pas d'autre planète. Il n'y a pas plus de Noubosse que de Pâline. Moi aussi, j'ai menti. Moi aussi, je raconte des histoires...

Je ne viens pas d'ailleurs. Il n'y a pas d'ailleurs, en dehors des rêves.

Je ne suis qu'un petit garçon avec les cheveux blancs et les yeux rouges, et je ne suis pas heureux...

Table des matières

Collection Papillon